Kurt Baumann/David McKee

JOACHIM

der Zöllner

Ein Nord-Süd-Taschenbuch

Lithographie: Photolitho AG Gossau/ZH, Schweiz
Satz: Lettrafot, Zürich
Herstellung: Druckerei Walter AG Olten, Schweiz
ISBN 3 85825 130 5

Für Mischa

Rund um das winzige Ländchen eines Königs lief einst
eine Grenze. An einer einzigen Stelle führte ein Weg hinüber.
Damit man die Grenze sehen konnte, stand dort eine grellbemalte
Barriere, und gleich daneben ein Zollhäuschen. Das leuchtete
von weither.

Im Zollhäuschen wohnte der Zöllner. Er trug eine blaue Uniform
mit goldenen Tressen und hieß Joachim. Sogar einen
Säbel hatte er, aber der lehnte seit vielen Wochen an einem Baum
und war schon ganz verrostet. Joachim vergaß auch meist
seinen Hut aufzusetzen, und wenn jemand an den Zoll kam,
mußte er erst seinen Hut suchen.

Eigentlich kam aber fast nie jemand. Nur der Wind rüttelte an der Barriere, aber der durfte ja ungehindert über die Grenze. Joachim saß hinter dem Zollhäuschen und spielte von morgens bis abends auf seinem Horn. Die Vögel bewunderten seine schmetternden Hornstösse; die Amseln trillerten mit, und der Specht klopfte den Takt dazu. Auch der Wald machte mit: Immer wenn Joachim ins Horn blies, brachte der Wald die Klänge noch schöner zurück.

Und weil das Horn und der Wald so gut zusammenstimmten, nannte Joachim sein Instrument »Waldhorn«. Seine größte Freude wäre es gewesen, einmal vor dem König zu spielen. Aber der König wohnte in seinem Palast in der Stadt und hatte keine Ahnung, was ein Waldhorn war.

Einmal, als Joachim wieder hinter dem Zollhäuschen spielte, hörte er plötzlich ein merkwürdiges Pfeifen. Er erschrak; das klang ganz anders als das Pfeifen der Vögel. Hastig suchte er nach seinem Hut und eilte zur Barriere. Erst sah er niemanden, aber da pfiff es wieder und diesmal gerade vor ihm. Joachim staunte: Hinter der Barriere saß eine Ratte und hielt eine Pfeife im Mund!
„Guten Tag", sagte die Ratte etwas atemlos.
„Guten Tag", sagte Joachim. „Ist das aber ein merkwürdiges Instrument!" – „Willst du es ausprobieren?" fragte die Ratte höflich.
„Aber gewiß, gerne!" sagte Joachim und blies mächtig in die Pfeife, doch er brachte keinen Ton heraus.

„Tut mir leid", sagte die Ratte und lächelte fast ein wenig. „Es ist eine Rattenpfeife und nur für Ratten zu spielen."
Joachim war verärgert. Er rückte seinen Zöllnerhut zurecht und fragte barsch: „Na also, was willst du?"
„Ich möchte hinüber", sagte die Ratte.
„Hast du Ausweispapiere?"
„Leider nein", sagte die Ratte.
„Dann kann ich dich auch nicht herüberlassen", sagte Joachim streng. Da begann die Ratte kläglich zu pfeifen. „Ratten haben überhaupt keine Ausweispapiere", schluchzte sie endlich.
„Tut mir leid", sagte Joachim, „es ist ein Befehl des Königs, und Befehl ist Befehl."
„Aber die Katze ist hinter mir her", wimmerte die Ratte, „und wenn du mich nicht durchläßt, wird sie mich auffressen mit Haut und Haar!" Da ließ sich Joachim umstimmen. Er hatte ein weiches Herz und nahm es mit den Vorschriften auch sonst nicht so genau. Rasch hob er die Barriere, und die Ratte sprang mit einem Satz über die Grenze. „Danke!" flüsterte sie und lief so schnell sie konnte. Joachim sah ihr nach, bis sie verschwunden war.
Dann ging er zu seinem Waldhorn zurück.

Kaum war er wieder hinter dem Zollhäuschen, da hörte er einen langgezogenen Geigenton: „Miiiaaauuu!“ Joachim suchte umständlich nach seinem Hut. Dann trat er mit würdigen Schritten vor’s Zollhaus. Hinter der Barriere saß die Katze und hielt eine kleine Geige zwischen den Vorderpfoten.
„Das ist aber ein merkwürdiges Instrument!“ sagte Joachim erstaunt. „Oh, nichts Besonderes“, meinte die Katze. „Es ist eine Geige fürs Katzenkonzert.“
„Darf ich mal?“ fragte der Zöllner.
„Bitte“, sagte die Katze höflich und reichte ihm das Instrument über die Barriere.

Aber wie sehr sich Joachim bemühte, der Geigenbogen kratzte entsetzlich auf den Saiten. Da erinnerte sich Joachim der Rattenpfeife.
„Ja, nun willst du sicher auch herüber und hast keine Ausweispapiere“, brummte er ärgerlich. „Tut mir leid“, bedauerte die Katze, „unsereiner hat überhaupt keine Ausweispapiere.“
„Dann kann ich dich auch nicht herüberlassen“, sagte Joachim streng. „Befehl ist Befehl, und ausserdem bist du nur hinter der Ratte her.“ Da strich die Katze über die höchsten Saiten und begann jämmerlich zu miauen. „Der Ratte werde ich ganz gewiß nichts zuleide tun, aber mich jagt ein Hund, und wenn du mich nicht hinüberläßt, gibt es ein Unglück!“

„Gemach!“ sagte Joachim, obwohl ihm die Katze ein wenig leid tat. „Spiel erst mal ein Katzenkonzert, dann wollen wir weitersehen.“ Die Katze setzte ihre Geige an und begann so wunderschön zu spielen, daß sie ihre Angst ganz vergaß. Joachim freute sich; schließlich gewann so die Ratte auch einen gewißen Vorsprung. Aber da sah er plötzlich, wie etwas in großen Sprüngen herbeihetzte, direkt auf die Zollstelle zu.
„Rasch, pack deine Geige ein!“ rief Joachim und hob die Barriere, und die Katze schlüpfte mit einem leisen »Danke schön!« an ihm vorbei über die Grenze.

Joachim war wieder hinter das Zollhäuschen gegangen, denn mit dem Hund wollte er nun wirklich nichts zu tun haben.
Aber kaum hatte er zu blasen begonnen, da ertönte ein lauter Paukenschlag und gleich darauf mehrere hintereinander: „Wau - Wau - Wau - Wau!" Als Joachim zur Barriere trat, sah er den Hund, der eine riesige Pauke umgehängt hatte. „Ich weiß schon", sagte Joachim, „dies ist eine Hundepauke, auf der nur Hunde spielen können, und jetzt willst du über die Grenze und hast keine Ausweispapiere."
„Hunde haben leider keine Ausweispapiere", knurrte der Hund bedauernd, „aber wenn du mir das Leben retten willst, so laß mich bitte über die Grenze. Der König selbst ist hinter mir her, hoch zu Ross, und wird mich gleich einholen!"
„Wie ist das möglich!" staunte Joachim.
„Wir waren auf Schweinejagd", sagte der Hund, „und wie du dir vorstellen kannst, liegt mir an Wildschweinen wenig. Katzen sind mir viel sympathischer. Und da, mitten im Treiben, kreuzte plötzlich eine Katze meinen Weg! Aus alter Gewohnheit jagte ich hinter ihr her und achtete dabei nicht auf Grenzsteine. Und der König selbst war so wütend, daß er sein Pferd herumwarf und mir nachsetzte. Er wird gleich da sein." Joachim hob nachdenklich die Barriere. „Wenn das nur gut ausgeht!" seufzte er.

Nach einer Weile kam der König herangeritten und hinter ihm sein Gefolge. Er war sehr böse, und die Feder auf seinem Hut wippte unruhig. „Hast du meinen Hund gesehen?" fragte er barsch den Zöllner. Joachim, der dem König gern auf dem Waldhorn vorgespielt hätte, erschrak ein wenig. „Majestät", begann er und verbeugte sich tief, „da kam eine Ratte zur Zollstelle, und ich mußte sie durchlassen, obwohl sie keine Ausweispapiere besaß. Sie wurde nämlich von einer Katze verfolgt. Und als die Katze kam, zeigte es sich, daß sie ebenfalls verfolgt wurde, und zwar von ihrem Hund, Majestät. Und bei ihrem Hund war es ganz ähnlich." Der König biß die Zähne zusammen. „Nehmt ihn gefangen!" befahl er dem Oberjäger.
„Aber den Verfolgten soll man doch helfen!" protestierte Joachim.
„Darüber kannst du im Kerker nachsinnen", sagte der König und gab seinem Pferd die Sporen.

Rasch setzte sich der Zug in Bewegung. Die Jäger nahmen Joachim in die Mitte. Er mußte neben den Pferden herlaufen, bis sie vor die Stadt kamen. Dem Pferd des Königs aber wollte die Sache nicht sogleich aus dem Kopf. Es dachte auf dem ganzen Weg über die Ungerechtigkeit seines Herrn nach.
„Seit wann braucht es Ausweispapiere, um über die Grenze zu kommen?“ dachte es bei sich selbst.
„Und warum sollte man die Verfolgten nicht durchlassen?“

Als sie vor dem Stadttor anlangten, kam dem Pferd plötzlich der Gedanke, daß man die Tiere warnen sollte. „Vielleicht, wenn ich meinen Freund, den Hund, einhole, und die Katze und die Ratte auch, können wir sogar den Zöllner befreien. Schließlich war er sehr anständig zu uns und muß jetzt büßen dafür.“

Im nächsten Augenblick sprang das Pferd so jählings zur Seite, daß der König taumelte und aus dem Sattel fiel. Er landete in einer riesigen Pfütze, eben als der Herold mit drei Hornstößen seine Ankunft verkündete. Das Pferd galoppierte davon. Die Leute aber schauten verwundert durchs Stadttor, und als sich der König über und über beschmutzt aus der Pfütze erhob, schmunzelten sie, denn sie mochten ihn nicht besonders leiden.

Als es dunkel wurde, standen das Pferd, der Hund, die Katze und sogar die Ratte vor der Stadtmauer und überlegten, wie sie hinüberkämen. „Wir werden ein Loch graben, damit wir unter der Mauer durchschlüpfen können", meinte die Ratte nach einigem Nachdenken.
„Aber leise, damit uns niemand hört!" flüsterte die Katze. Der Vorschlag wurde von allen angenommen. Nur das Pferd war betrübt. „Leider wird das Loch nicht groß genug sein für mich, und ich werde draußen warten müssen, bis ihr zurückkommt."
„Dafür hast du kräftige lange Beine, mit denen du den Zöllner über die Grenze tragen wirst", beschwichtigte der Hund. Da war auch das Pferd zufrieden, und die andern machten sich an die Arbeit. Die Ratte nagte, die Katze scharrte, und der Hund schaufelte. Als der Mond aufging, war das Loch fertig, und alle drei gelangten bequem ins Stadtinnere.

Im Städtchen war alles ruhig, nur der Nachtwächter schlurfte durch die Gassen und rief die Stunde aus. Der Hund, die Katze und die Ratte schlichen den Hauswänden entlang, bis sie zum Palast des Königs kamen. Der Hund beschnupperte die Palastmauer. Dann sagte er leise: „Hinter diesem vergitterten Fenster ist der Zöllner. Rasch, wir müssen ihn rausholen!“

Wütend nagten und bißen die Tiere an den Gitterstäben, die immer dünner wurden. Nach einigen Stunden war es soweit; Joachim konnte sie auseinanderbiegen und schlüpfte ins Freie. Fast hätte er gejauchzt, aber die Tiere mahnten ihn, leise zu sein. Dann führten sie ihn zum Loch unter der Stadtmauer. Joachim war gerade dünn genug, daß er bäuchlings hindurchkriechen konnte. Draußen wartete das Pferd mit dem königlichen Zaumzeug, und Joachim stieg in den Sattel.

Sie beeilten sich, zur Grenze zu kommen. Nur einmal pfiff es erbärmlich, und als Joachim sich umwandte, sah er die Ratte, die mit ihren kurzen Beinen nicht Schritt halten konnte. Er hielt sein Pferd an und setzte die Ratte auf seine Schulter. „Meine pfiffige kleine Ratte", tröstete er sie, „du hast so eifrig genagt, daß du jetzt sicher ganz müde bist." Dann eilten sie weiter, und als der Morgen graute, standen sie vor der Barriere.

Joachim stieg vom Pferd und holte sein Waldhorn hinter dem Zollhäuschen hervor. Und weil die Vögel so zierlich pfiffen, kam ihn die Lust an, mächtig hineinzublasen. Wieder brachte der Wald die Klänge noch schöner zurück, und als die Rattenpfeife, die Katzengeige und die Hundepauke einfielen, klang es feiner als im Kammerorchester des Königs.

Joachim lachte vergnügt. Ihm lag nichts mehr daran, vor dem König zu spielen; unter Freunden machte es mehr Spaß.
„Wir werden immer zusammenbleiben“, sagte er und hob die Barriere.
Eines nach dem andern trippelten die Tiere über die Grenze.
Joachim folgte ihnen. Es war ein herrlicher Morgen,
und die Vögel begleiteten sie mit ihrem lustigen Zwitschern.

Die JOACHIM - Reihe:

JOACHIM der Zöllner
JOACHIM der Straßenkehrer
JOACHIM der Polizist